U0009490

微　　熟　　女　　標　　本　　室
The sophisticated lady　　欣 蒂 小 姐 繪 著
初 版. 臺北市：大塊文化出版股份有限公司, 2020.12
128 面 ；　21x15 公 分 (Catch ; 264)
I S B N　978-986-5549-24-4(精　裝)
1. 圖 文　　　　　863.55　109017833

微熟女標本室

欣蒂小姐 miss cyndi 著

The Sophisticated Lady

尋找標本室

尋找適合珍藏記憶的一個地方 . . . .

或 許 在 某 一 棟 大 樓 裡 . . . .

在某一扇門後，也許會遇見……

微熟女標本室

夢廳

玄關

登記

標本室

A 室

現
在
位
置

愛戀

B 室　　　　C 室　　　　D 室　　　　E 室　　　　現實

夢想　　　智慧　　　生命力　　　恐懼

你有從未直視自己內心的眼睛
無法傾聽內心話語的雙耳
觸摸不了真心的雙手
在這裡這些都不重要

你沒有五感，你將褪去一身繁花
心是帶你來到這裡的原因
直覺會為你存放紀念的標本
只請你放心

擷取 >>

過濾 >>

結晶 >>

修剪 >>

保存 >>

療癒 >>

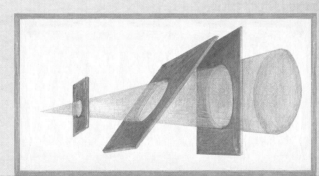

轉移 >>

遺忘 >>

倒 轉 的 時 間

聽 說 夢 與 真 實 相 反

但 哪 一 面 才 是 正 的 呢 ？

你想保存永藏心底的是什麼呢？

也許是純真、熱戀的溫度，或是當時的勇敢
有時候，我們必須學會跟過去的自己說再見
那並不代表過去的自己消失了
而是他隱藏在更深層的記憶裡...

標本Ａ室　　愛戀心

那是些需要小心碰觸的記憶
薄如紙片、輕如鴻毛
輕輕撥動便散落一地

即使用盡心力復原遺落的部分
也不見最初的樣貌

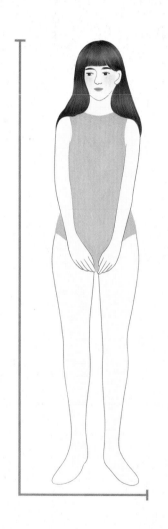

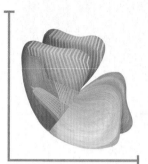

朝向著陽光的遠景
拖著故意忽略的影
狂奔直到忘了自己

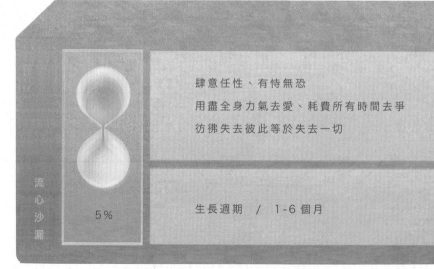

肆意任性、有恃無恐
用盡全身力氣去愛、耗費所有時間去爭
彷彿失去彼此等於失去一切

流心沙漏

5%

生長週期　/　1-6 個月

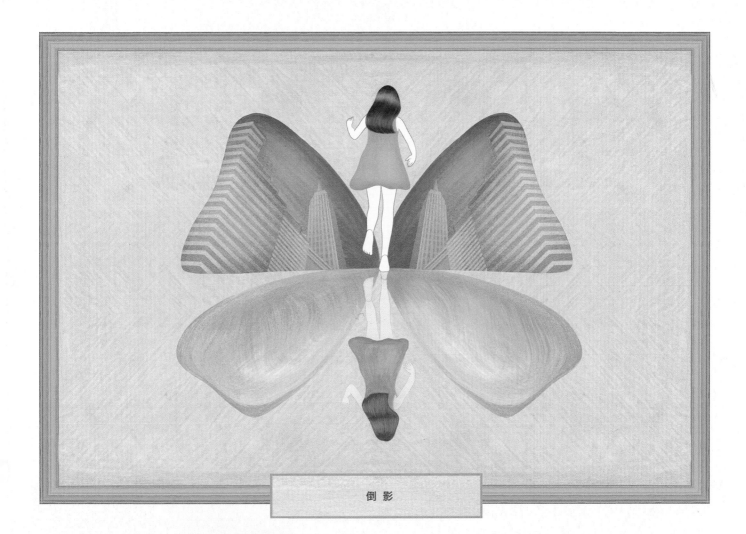

倒 影

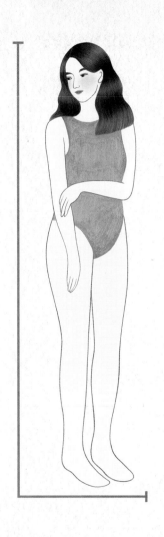

困陷其中無法割捨的原因
只因無解答的疑惑與遺憾

流心沙漏

20%

若即若離、引人發想卻無法完成的故事
接觸是真實,名份是虛無
越探究越失落的情緒是會上癮的毒

生長週期　/　3 個月生 - 永久觀賞

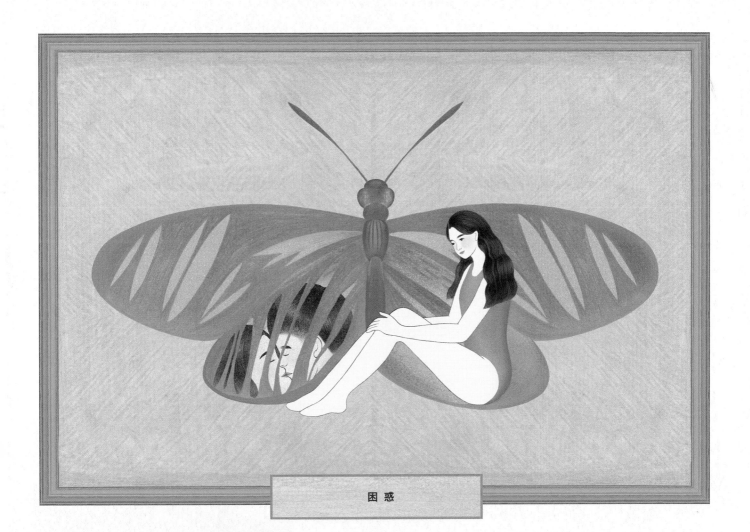

困 惑

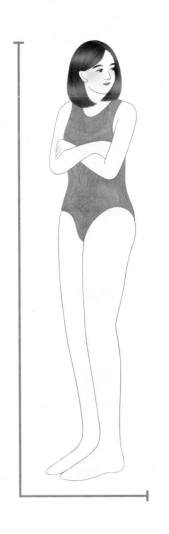

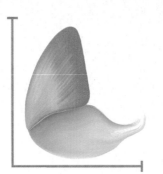

不斷地飛便有不間斷地追
閃爍的美消逝在閉眼之後

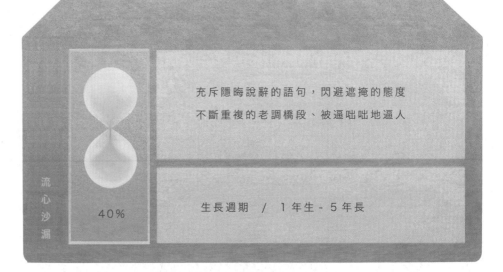

流心沙漏

40%

充斥隱晦說辭的語句，閃避遮掩的態度
不斷重複的老調橋段、被逼咄咄地逼人

生長週期　／　1 年生 - 5 年長

閃爍

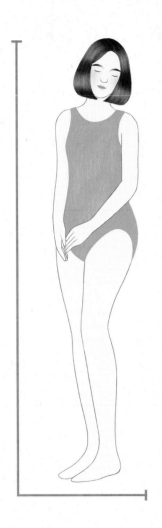

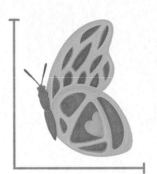

沒有完美的相伴關係
只有願意修補的相惜

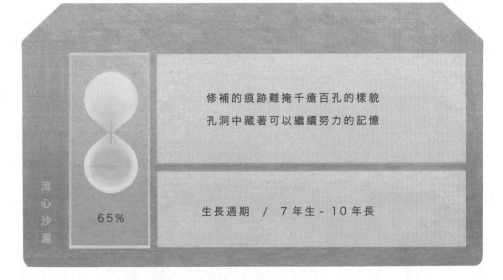

修補的痕跡難掩千瘡百孔的樣貌
孔洞中藏著可以繼續努力的記憶

流心沙漏

65%

生長週期 / 7 年生 - 10 年長

空洞

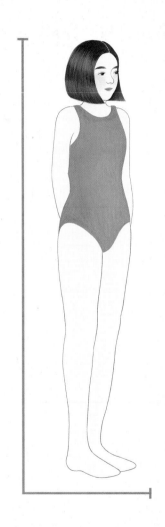

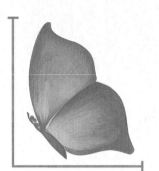

在公平與互相間尋求兩全
在平衡過程中拉扯、磨合

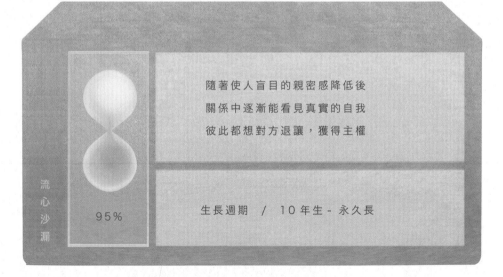

隨著使人盲目的親密感降低後
關係中逐漸能看見真實的自我
彼此都想對方退讓，獲得主權

流心沙漏

95%

生長週期　/　10 年生 - 永久長

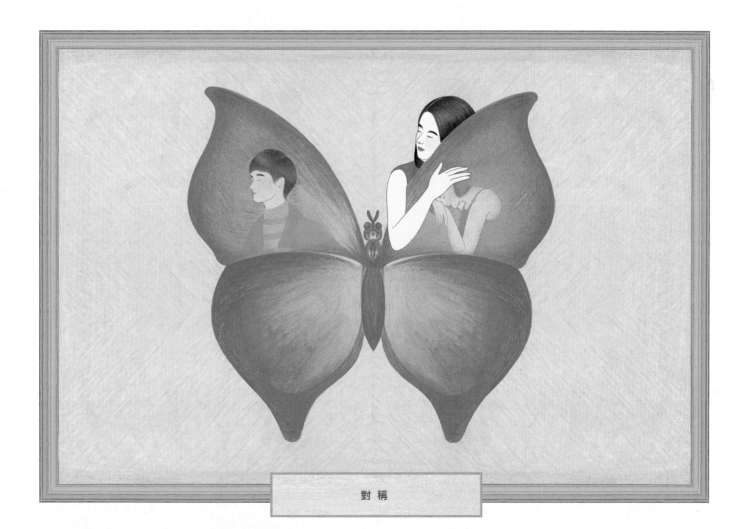

對　稱

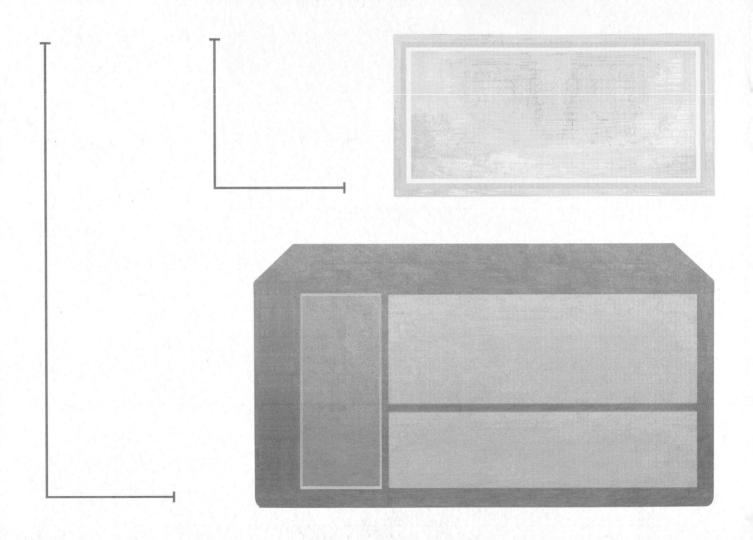

未 完 待 續 . . . .

標本Ｂ室 | 夢想

深 埋 眼 底 的 光 芒
是 當 時 懷 抱 希 望 、 理 想 的 勇 氣
流 淌 的 眼 神
是 訴 說 著 夢 想 的 樣 子

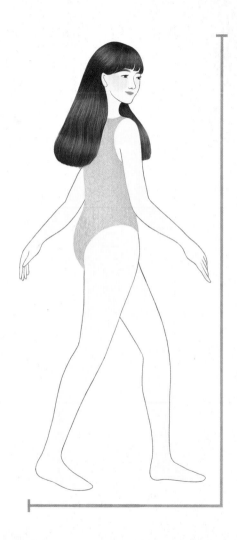

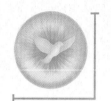

或許倚靠著充滿鼓勵的柔軟後盾

才讓渺小的你有了能高飛的力氣

聽說夢想遙不可及

縱使荒謬

縱使什麼都沒有

只有熱情與飛的能力

相信足矣

出沒年齡 /

20-23 年

淚液

15%

雀鷹築夢

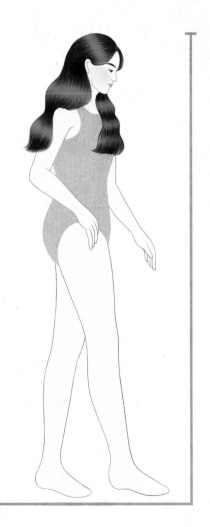

見識與自傲成反比，越無知越自大
少見與勇氣成正比，無知則能無懼

獨角成就自信
在衝撞不斷後
尖角也將磨失

出沒年齡 /

24-26 年

淚液

30%

獨角獸追夢

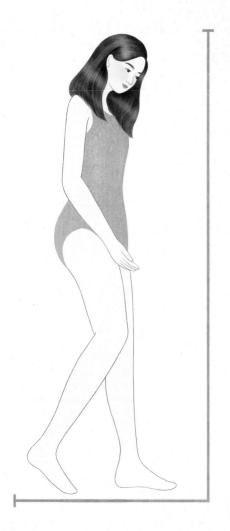

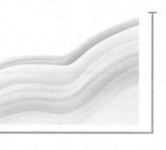

因現實而侷限
決定隨波逐夢
卻成隨波漂流

夢想與現實間的拉扯
後盾逐漸消失，鼓勵話語不再
在浪與浪之間求生存

出沒年齡 /

27-29 年

淚液

45％

海豚求夢

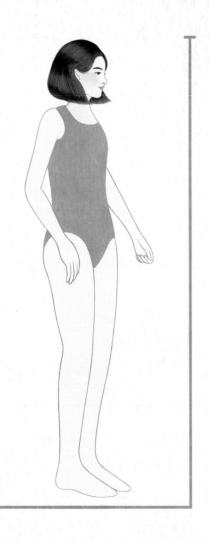

被物質餵養成習慣

馴於現實而不自知

靜待傳說中的伯樂

沒有獨角的馬，或許強勁

也只是馴馬場中一匹駿馬

出沒年齡 /

28-30 年

淚液

60%

駿馬盼夢

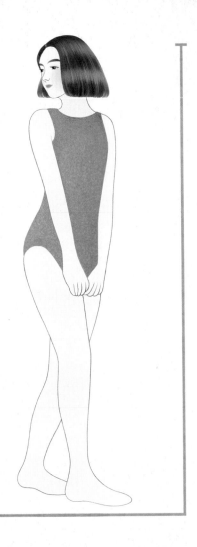

與其橫衝直撞
更願節省力氣
尋覓最佳去處

現實中的初夢覺醒
因多年歷練，明白直衝後的結果
目標之路繞路而行也是種方式

出沒年齡 /

30-35 年

淚液

80%

狡 兔 養 夢

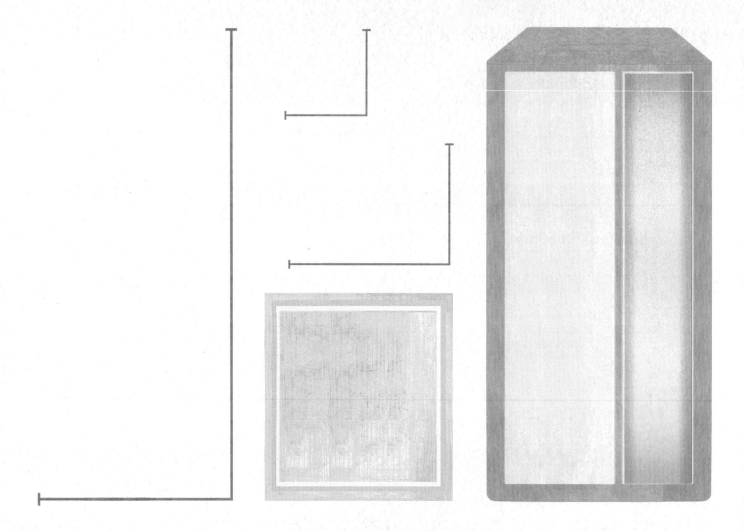

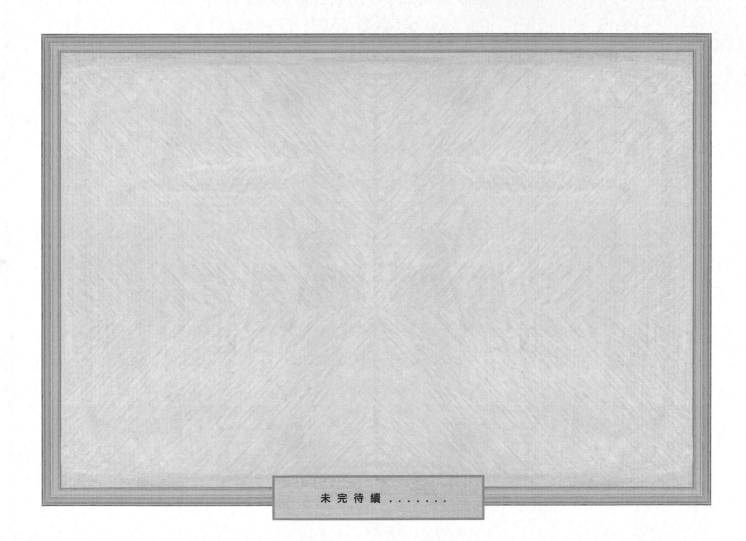

未 完 待 續 . . . .

標本 C 室

智慧

經驗中獲得省思，隱隱發酵的痛楚、無法消去的傷痕
都將醞釀淬煉成閃爍發光的結晶

未經雕磨的成晶體
清透心靈反射的光
是如此直率而強烈

色溫　　　　1000K

產地 / 原生地

長度 ／ 17cm

寬度 ／ 20cm

重量 ／ 37g

原礦

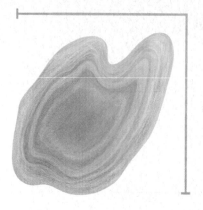

剖面看見層疊的美

纏絲構造的隱晶質體

來自縷縷心思

這時期思緒多卻不雜

色溫　　　　　　　1900K

產地 / 隱密處

長度　/ 21cm

寬度　/ 24cm

重量　/ 45g

瑪瑙

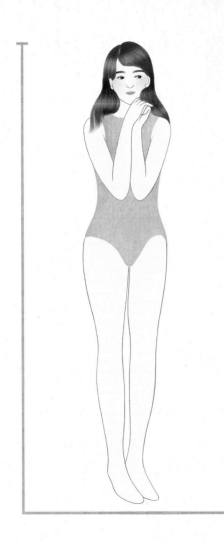

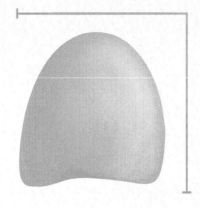

滾動磨潤了尖角
磨削的部分自我
因為失去也得到補償
少的稜角都成為平滑

色溫　　　　　　　2500K

產地 / 都市叢林

長度　／ 25cm

寬度　／ 29cm

重量　／ 54g

水 晶

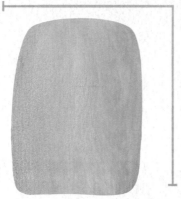

保存過往的體悟
磨練成晶體之美
通透散射的光芒
傳遞歷練的內涵

色溫　　　　　　　3500K

產地 / 聚會

長度　/ 30cm

寬度　/ 34cm

重量　/ 64g

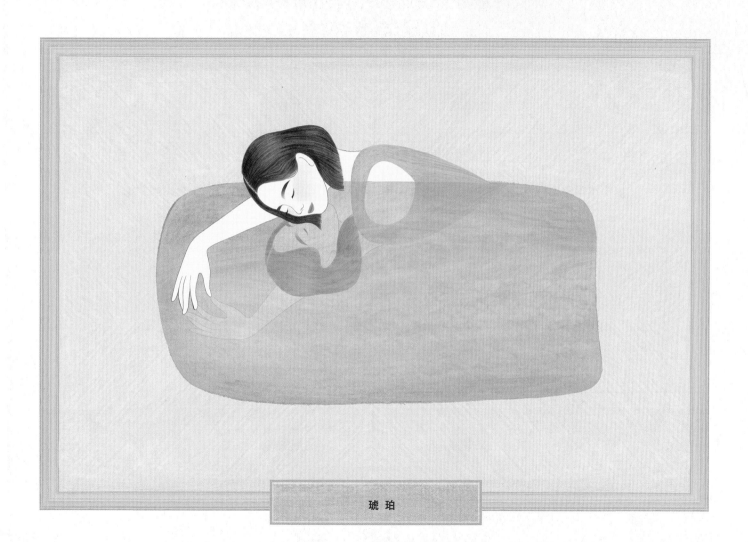

琥珀

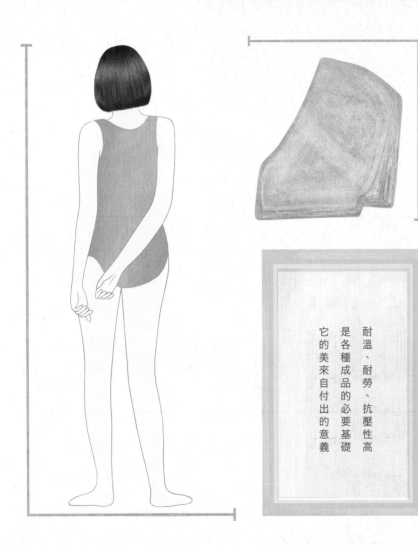

它的美來自付出的意義

是各種成品的必要基礎

耐溫、耐勞、抗壓性高

色溫　　　　　　4100K

產地 / 隨處

長度 / 35cm

寬度 / 40cm

重量 / 75g

雲母

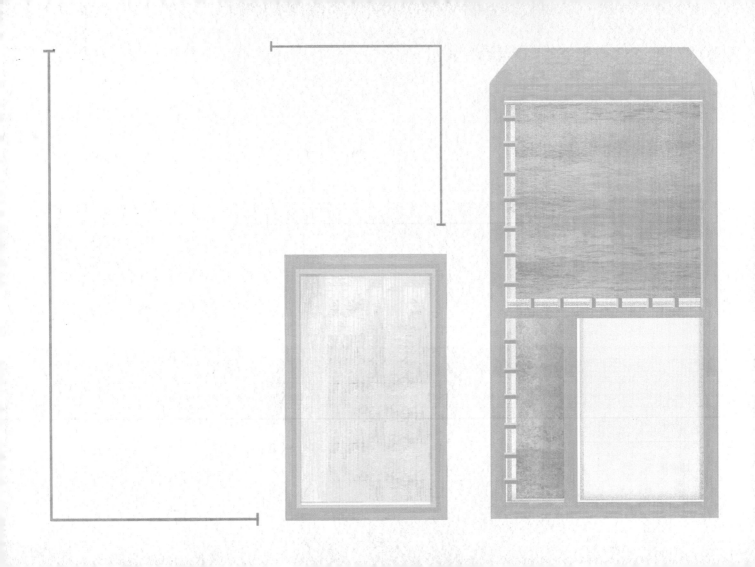

未 完 待 續 . . . .

標本 D 室　生命力

身體是會發芽的
形體因滋養而長
吸收的物質內容
決定長成的模樣

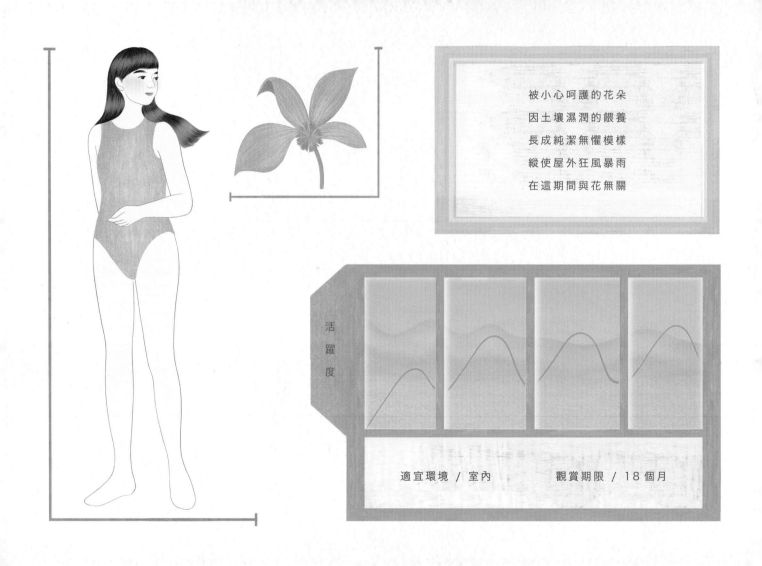

被小心呵護的花朵
因土壤濕潤的餵養
長成純潔無懼模樣
縱使屋外狂風暴雨
在這期間與花無關

活躍度

適宜環境 / 室內　　　觀賞期限 / 18 個月

生花

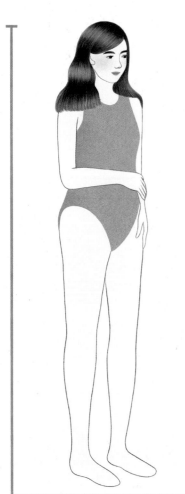

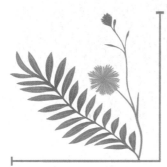

繁衍貌，充滿生機
此時花貌大多相似
燦爛卻也稍縱即逝
無法記得特定樣子

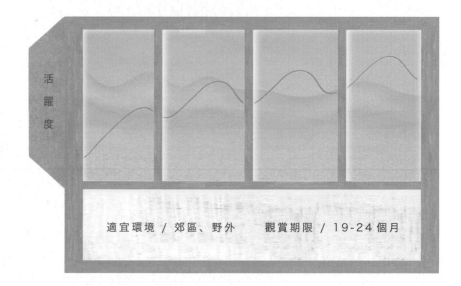

活躍度

適宜環境 / 郊區、野外　　觀賞期限 / 19-24 個月

自由花

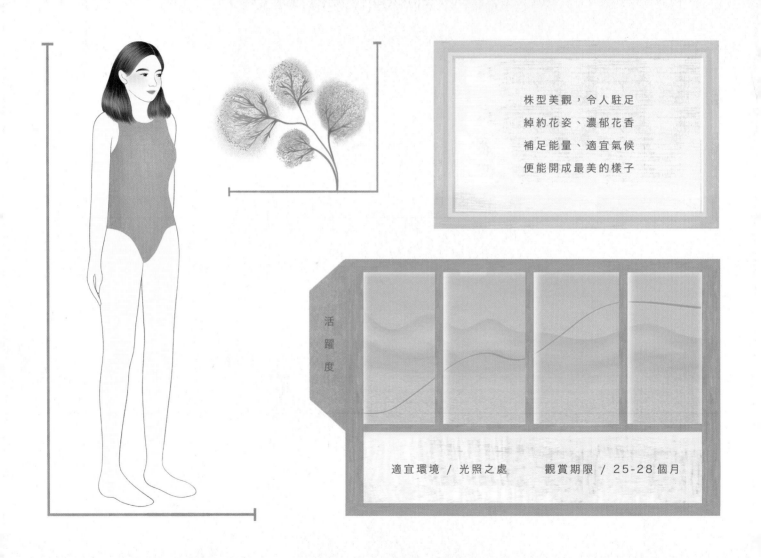

株型美觀，令人駐足
綽約花姿、濃郁花香
補足能量、適宜氣候
便能開成最美的樣子

活躍度

適宜環境 / 光照之處　　觀賞期限 / 25-28 個月

盛花

不願作遍地平凡
於是惦記、渴望
尋覓特別的四葉
追求幸運無果後
才情願回歸平實

活躍度

適宜環境 / 夾縫、路邊　　觀賞期限 / 29-30 個月

無 花

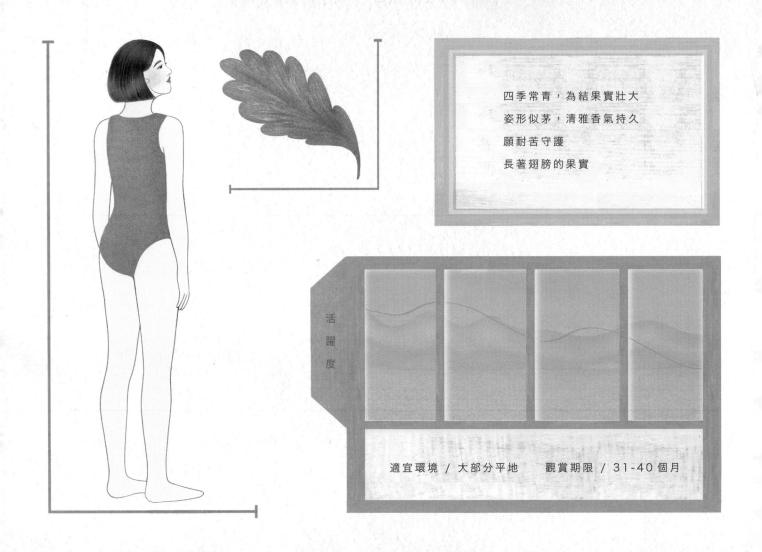

四季常青，為結果實壯大
姿形似茅，清雅香氣持久
願耐苦守護
長著翅膀的果實

活躍度

適宜環境 / 大部分平地　　觀賞期限 / 31-40 個月

立花

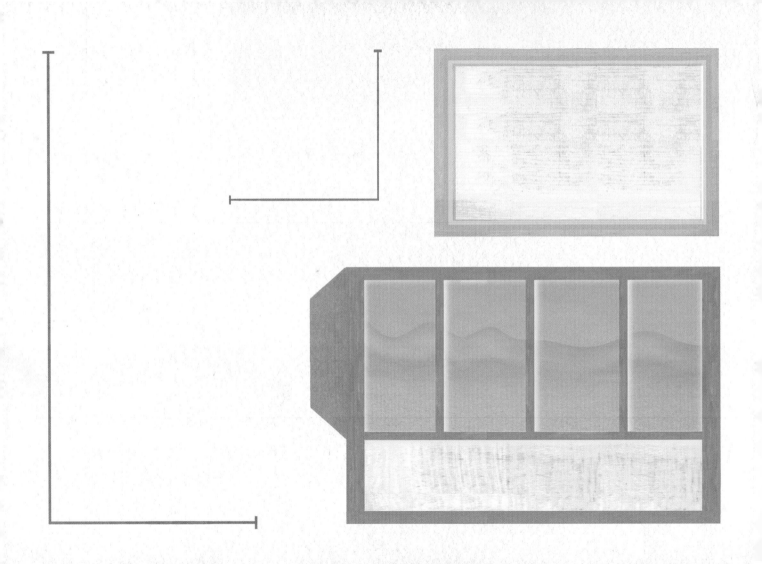

未 完 待 續 . . . .

標本E室

顯意識包裹著潛意識
大多是想逃避的恐懼
或想擺脫的思維模式

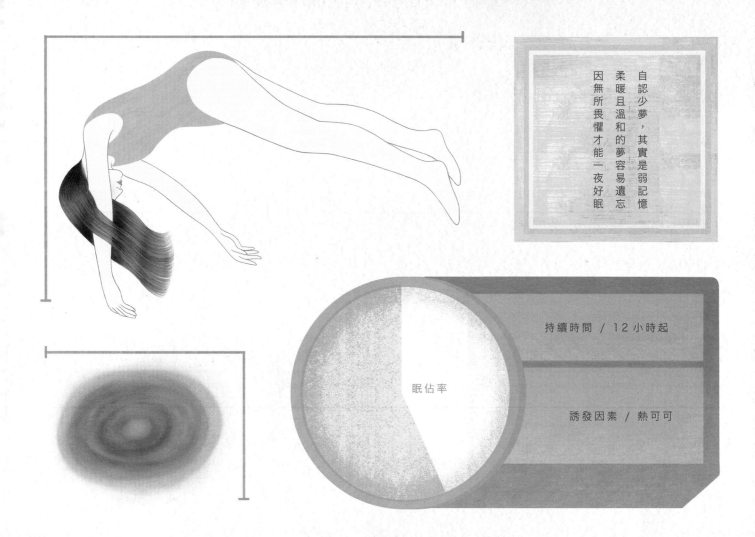

自認少夢，其實是弱記憶
柔暖且溫和的夢容易遺忘
因無所畏懼才能一夜好眠

持續時間 / 12 小時起

眠佔率

誘發因素 / 熱可可

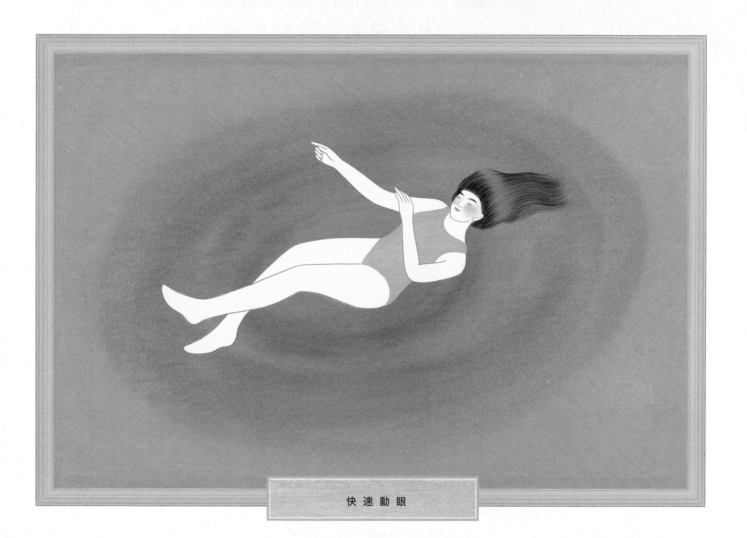

快 速 動 眼

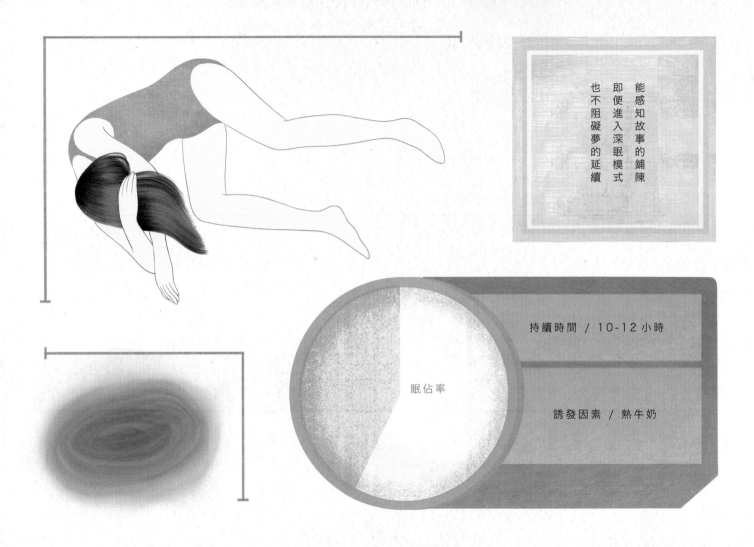

能感知故事的鋪陳
即便進入深眠模式
也不阻礙夢的延續

持續時間 / 10-12 小時

誘發因素 / 熱牛奶

眠佔率

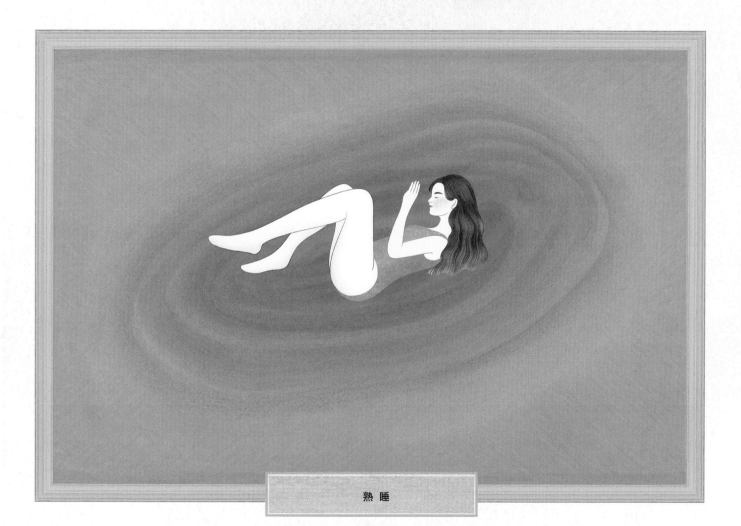

熟睡

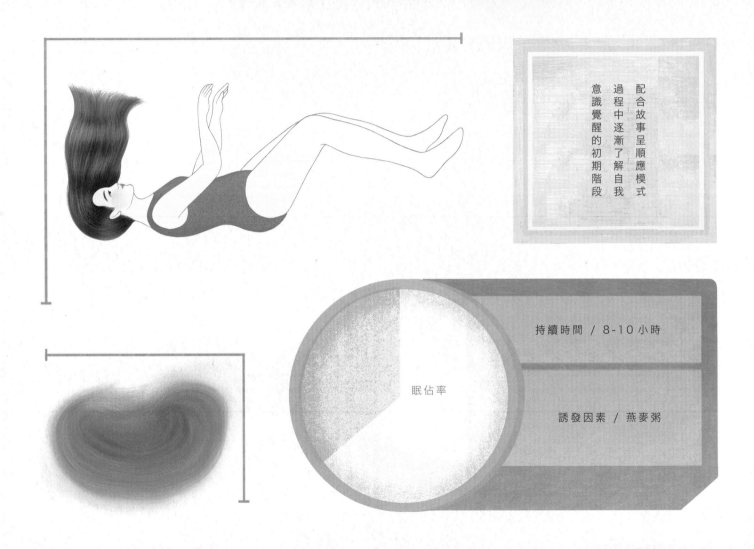

配合故事呈順應模式
過程中逐漸了解自我
意識覺醒的初期階段

眠佔率

持續時間 / 8-10 小時

誘發因素 / 燕麥粥

深眠

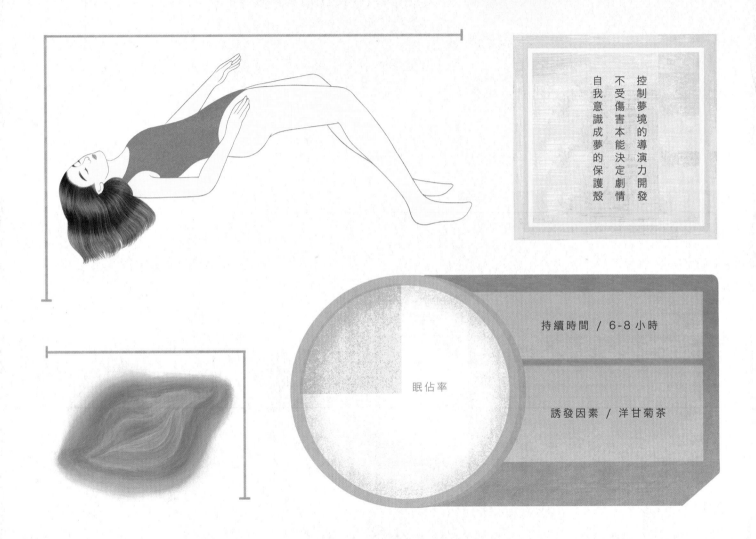

控制夢境的導演力開發
不受傷害本能決定劇情
自我意識成夢的保護殼

眠佔率

持續時間 / 6-8 小時

誘發因素 / 洋甘菊茶

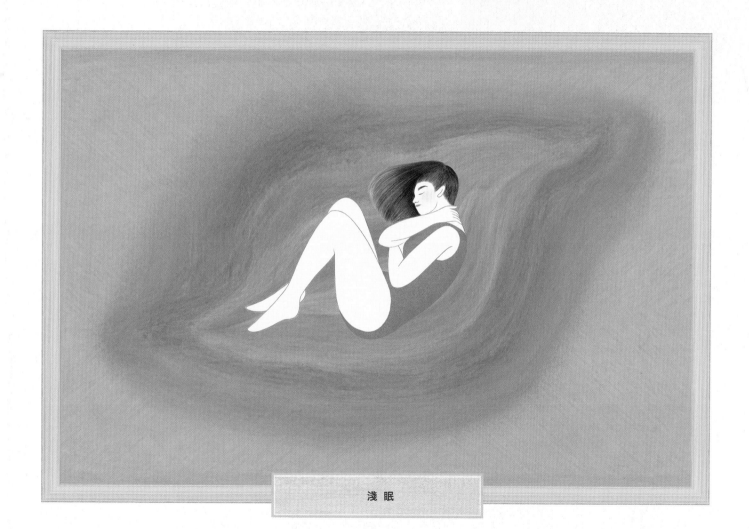

淺眠

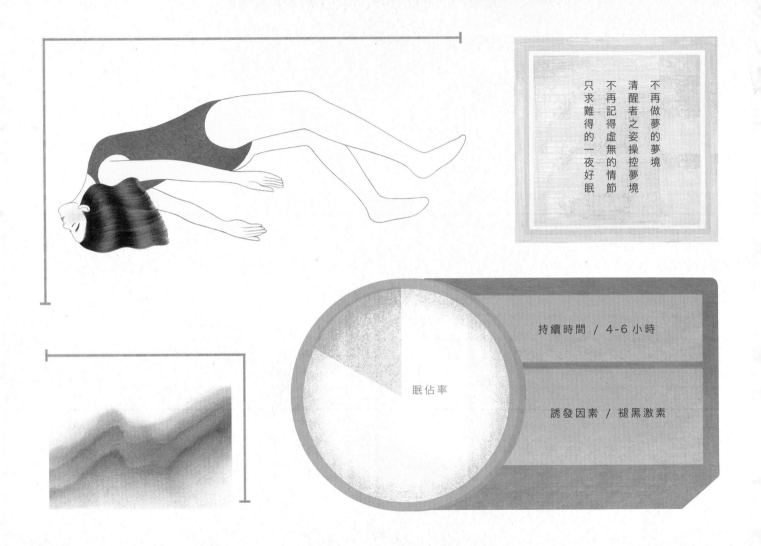

不再做夢的夢境
清醒者之姿操控夢境
不再記得虛無的情節
只求難得的一夜好眠

持續時間 / 4-6 小時

誘發因素 / 褪黑激素

眠佔率

清醒

未 完 待 續 . . . .

此 刻 的 妳 ， 不 需 要 這 些
暫 時 用 不 到 的 部 分 自 己

儲 藏 後 便 可 以 準 備 啟 程
特 質 不 會 因 封 藏 而 變 質
未 來 當 妳 準 備 好 的 時 候

請 記 得 回 到 這 裡　《 微 熟 女 標 本 室 》

每 刻 的 你 ， 成 就 此 刻 的 你 ......

我裝扮成為你喜歡的形貌
愛著喜歡我裝扮形貌的你
忘記當初彼此相識的樣子
模型已習慣順著模子的形
早不記得自己真實的模樣

何 為 矜 持 的 意 義 ？

聽 說 這 是 場 遊 戲 ， 先 主 動 的 就 輸 了
原 來 有 輸 贏 之 分 ......

下 次 我 絕 對 要 贏

寬闊的藍海、貪心的眼睛

心境決定眼中藍海的邊際

說不出口的，只能沉默以對

糾結的時間，度一秒如一年

靜止的彼此將距離拉扯更遠

聽說你最近很好
封封寄不出的信夾著祝福
在桌上開出朵朵白色小花

他們說結婚是相愛的證明儀式
因為婚姻讓戀人之間增添責任
但責任卻在多年後沖淡了愛情

　一開始說好的相愛證明呢
　婚棋圍困，請觀棋者勿語

單純和快樂其實一直存在
只是被埋藏著、被遺忘了
無論何時
請提醒疲於堅強武裝的你
記得喚醒這些美好的記憶

你是柔軟綠地包覆我，即使微微地刺痛肌膚
但在漫長荒涼的路途，不想離開也無法割捨
在鼓起勇氣爬起之前，請讓我對你持續依戀

無法複製的情緒鑰匙
多麼悲傷自己才明白
其他人無法完全理解

斷捨離後的情緒是唯一行李
漫漫長路只為尋覓舒適歸屬
這條路是疲倦、孤獨與失落
直到發現自己才是自己的家
旅途的目的地一直相伴隨行

Catch 264

微 熟 女 標 本 室
The Sophisticated Lady
繪著: 欣蒂小姐 Miss Cyndi

責 任 編 輯: 湯 皓 全
出 版 者: 大 塊 文 化
出 版 股 份 有 限 公 司
台 北 市 105 南 京 東
路 四 段 25 號 11 樓

讀者服務專線: 0800-006689
T E L: (0 2) 8 7 1 2 3 8 9 8
F A X: (0 2) 8 7 1 2 3 8 9 7
郵 撥 帳 號: 18955675   戶
名: 大塊文化出版股份有限公司
法 律 顧 問: 董 安 丹
律 師 、 顧 慕 堯 律 師

總 經 銷: 大 和 書 報 圖 書 股
份 有 限 公 司   地 址: 新
北 市 新 莊 區 五 工 五 路 2 號
T E L: (0 2) 8 9 9 0 2 5 8 8
(代 表 號)   F A X:
(0 2) 2 2 9 0 1 6 5 8

初 版 一 刷: 2020 年 12 月
定 價: 新 台 幣 380 元

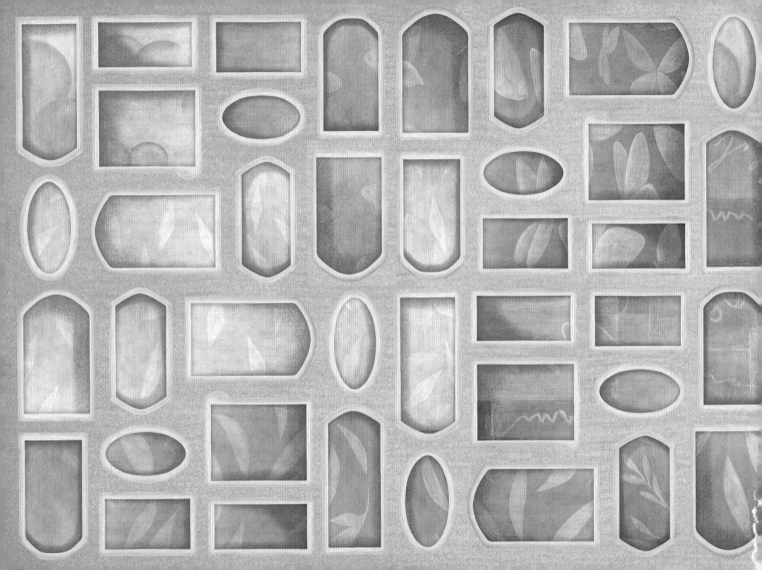